兒童文學叢書
‧影響世界的人‧

伊甸園裡的醫生

人道主義的模範生 許懷哲

喻麗清 / 著

莊河源 / 繪

民 三

國家圖書館出版品預行編目資料

伊甸園裡的醫生:人道主義的模範生許懷哲 / 喻麗
清著;莊河源繪.--初版二刷.--臺北市:三
民,2007
面; 公分--(兒童文學叢書.影響世界的人
系列)
ISBN 957-14-3995-9 (精裝)

1. 許懷哲(Schweitzer, Albert, 1875-1965)-傳記
-通俗作品

784.38   93002434

© 伊甸園裡的醫生
——人道主義的模範生許懷哲

著作人　喻麗清

繪　圖　莊河源

發行人　劉振強

著作財
產權人　三民書局股份有限公司
　　　　臺北市復興北路386號

發行所　三民書局股份有限公司
　　　　地址／臺北市復興北路386號
　　　　電話／(02)25006600
　　　　郵撥／0009998-5

印刷所　三民書局股份有限公司

門市部　復北店／臺北市復興北路386號
　　　　重南店／臺北市重慶南路一段61號

初版一刷　2004年4月
初版二刷　2007年5月

編　號　S 781141

定　價　新臺幣壹佰捌拾元整

行政院新聞局登記證局版臺業字第○二○○號

有著作權‧不准侵害

ISBN　957-14-3995-9　(精裝)

http://www.sanmin.com.tw　三民網路書店

多彩多姿的世界

（主編的話）

　　小時候常常和朋友們坐在後院的陽臺，欣賞雨後的天空，尤其是看到那多彩多姿的彩虹時，我們就爭相細數，看誰數到最多的色彩——紅、黃、藍、橙、綠、紫、靛，是這些不同的顏色，讓我們目迷神馳，也讓我們總愛仰望天際，找尋彩虹，找尋自己喜愛的色彩。

　　世界不就是因有了這麼多顏色而多彩多姿嗎？人類也因為各有不同的特色，各自提供不同的才能和奉獻，使我們生活的世界更為豐富多彩。

　　「影響世界的人」這一套書，就是經由這樣的思考而產生，也是三民書局在推出「藝術家系列」、「文學家系列」、「童話小天地」以及「音樂家系列」之後，策劃已久的第六套兒童文學系列。在這個沒有英雄也沒有主色的年代，希望小朋友從閱讀中激勵出各自不同的興趣，而各展所長。我們的生活中，也因為有各行各業的人群，埋頭苦幹的付出與奉獻，代代相傳，才使人類的生活走向更為美好多元的境界。

　　這一套書一共收集了十二位傳主（當然影響世界的人，包括了行行色色的人群，豈止十二人，一百二十人都不止），包括了宗教、哲學、醫學、教育與生物、物理等人文與自然科學。這一套書的作者，和以往一樣，皆為學有專精又關心下一代兒童讀物的華人，所以在文字和內容上都是以深入淺出的方式，由作者以文學之筆，讓孩子們在快樂的閱讀中，認識並接近那影響世界的人，是如何為人類付出貢獻，帶來福祉。

　　第一次為孩子們寫書的龔則韞，她主修生化，由她來寫生物學家孟德爾，自然得心應手，不做第二人想。還有唐念祖學的是物理，一口氣寫了牛頓與愛因斯坦兩位大師，生動又有趣。李笠雖主修外文，但對宗教深有研究。謝謝他們三位開始加入為小朋友寫作的行列，一起為兒童文學耕耘。

　　宗教方面除了李笠寫的穆罕默德外，還有王明心所寫的耶穌，和李民安所寫的釋迦牟尼，小朋友讀過之後，對宗教必定有較為深入的了解。她們兩位都是寫童書的高手，王明心獲得2003年兒童及少年圖書金鼎獎，李

民安則獲得2000年小太陽獎。

　　許懷哲的悲天憫人和仁心仁術，為人類解除痛苦，由醫學院出身的喻麗清來寫他，最為深刻感人。喻麗清多才多藝，「藝術家系列」中有好幾本她的創作都得到大獎。而原本學醫的她與許懷哲醫生是同行，寫來更加生動。姚嘉為的文學根基深厚，把博學的亞里斯多德介紹給小朋友，深入淺出，相信喜愛思考的孩子一定能受到啟發。李寬宏雖然是核子工程博士，但是喜愛文學、音樂的他，把嚴肅的孔子寫得多麼親切可愛，小朋友讀了孔子的故事，也許就更想多去了解孔子的學說了。

　　馬可波羅的故事我們聽得很多，但是陳永秀第一次把馬可波羅的故事，有系統的介紹給大家，不僅有趣，還有很多史實，永秀一向認真，為寫此書做了很多研究工作。而張燕風一向喜愛收集，為寫此書，她做了很多筆記，這次她讓我們認識了電話的發明人貝爾。我們能想像沒有電話的生活會是如何的困難和不便嗎？貝爾是怎麼發明電話的？小朋友一定迫不及待的想讀這本書，也許從中還能找到靈感呢！居禮夫人在科學上的貢獻是舉世皆知，但是有多少人了解她不屈不撓的堅持？如果沒有放射線的發現，我們今天不會有方便的X光檢查及放射性治療，也不會有核能發電及同位素的普遍利用。石家興在述說居禮夫人的故事時，本身也是學科學的他，希望孩子們從閱讀中，能領悟到居禮夫人鍥而不捨的精神，那是一位真正的科學家，腳踏實地的真實寫照。

　　閱讀這十二篇書稿，寫完總序，窗外的春意已濃，這兩年來，經過了編輯們的認真編排，才使這一套書籍又將在孩子們面前呈現。在歲月的流逝中，這是多麼令人高興的事，我相信每一位參與寫作的朋友，都會和我有一樣愉悅的心情，因為我們都興高采烈的在一起搭一座彩虹橋，期望未來的世界更多彩多姿。

作者的話

　　如果有個歐洲人，在非洲原始森林的邊緣碰到幾個當地的黑人，那幾個黑人是替他划船的，而在那小河上，他得跟這些黑人坐兩天的船才能到達目的地。

　　還有，他的目的地是在赤道附近的非洲，潮濕的時候像蒸籠，一不小心還會中暑。那兒光蚊子的種類就有幾百種，蜘蛛螞蟻都咬得死人。最可怕的是草叢裡到處都是吸血蟲，要是沒穿長統靴子，一會兒你就得用鉗子把腳上的吸血蟲一條一條的扒下來。

　　在這樣一個地方，忽然有一個黑人好奇的問道：「你們歐洲白人的世界跟我們有什麼不同嗎？」

　　你想，他該怎樣回答才好？

　　許懷哲剛去非洲的時候就碰到這樣的場面。他想了想就笑著說道：「啊，我看有三點地方太不一樣啦。第一是歐洲的森林最怕失火，一個小小的煙頭有時會引起一場很大的火災，不像你們這兒潮濕，你們抽完煙斗，隨便把煙屑倒進草堆都不在乎。第二是像你們這樣在河上划著船，這是在工作，可是在歐洲卻是運動，有時還比賽著玩呢。第三嘛，歐洲男人娶老婆不必給新娘子的家裡送錢或者送牛羊。」

　　那船上的黑人們於是大笑起來，覺得這位白兒還蠻可愛的。

　　我在許懷哲的《非洲手記》中讀到這一小段故事的時候，出奇的感動。因為那是多麼得體的回答，多麼謙虛又多麼幽默，沒有大智慧和充滿愛心的人是回答不出來的。

　　許懷哲醫生在非洲行醫的故事，誰都知道。我們覺得他偉大，大部分原因是覺得他是以一個文明的白人的身分跑

到那樣一個落後的地方去行醫的緣故。如果單單是這樣，許多在那兒的傳教士比他偉大。許懷哲的偉大，其實並不止於他的行動而已，他的思想啟發了我們對人道的重視，帶給我們環保意識之外，還把基督的精神修正成為一種最基本的神學：人人都可以先從尊重地球上所有的生命做起。

那一年，他已三十歲，在雜誌上看到法國基督教協會一則招募醫生去非洲行醫的廣告，才毅然辭掉了哲學教授的職位，重回學校去唸醫，並且專攻熱帶疾病和外科手術。一個許懷哲不僅把許許多多歐洲人在非洲所做的惡行都抵消掉了，而且他的榜樣還告訴了我們：只要有愛心、有決心，我們都可以把世界變得更美好。

俞 明 清

許懷哲

人應當把眼光放在宇宙上，
不該只著眼在人類本身，
這樣你就會明白：
人其實只是大自然一個
生存鏈鎖中的一小節而已。

1875 年 1 月 14 日許懷哲牧師家裡添了一個小寶寶，整個村莊上的人都替牧師一家高興，大家一起到教堂裡去祈禱謝恩。因為那個寶寶是個小男生，牧師給他取名：阿爾伯，加上他的姓許懷哲。這個小孩兒就是七十八年後在非洲行醫而得到「諾貝爾和平貢獻獎」的那位許懷哲醫生。

2

純淨如哈的音樂

　　許懷哲簡直就像是在基督教的神學思想中浸泡大的。他生在牧師之家，他的父親、爺爺、外公全都是牧師。外公不但是牧師，還是風琴師呢；不但琴彈得好，還會自己動手製做風琴。風琴是教堂裡的靈魂，小許懷哲在母親懷裡的時候就知道風琴是他永遠的玩具了。

　　小時候他常常跟著母親邊彈邊唱，巴哈的音樂就是他的兒歌。每當教堂裡的風琴有了毛病，母親就會捲起衣袖，打開琴蓋來修理。這時候小許懷哲好奇的趴在風琴上，對風琴複雜的構造著迷，母親還時常一邊調音一邊拉過他的小手來按鍵。

3

　　風琴與巴哈一直都是他最好的朋友。天涯海角，無論他走到哪兒都帶著他們同行。後來他在非洲行醫時，那醫院裡的老風琴還是他從老家千辛萬苦搬運過去的。巴哈是他的知己，而他也是巴哈的知己，他不但為巴哈寫過傳記，為了詮釋巴哈的音樂不知寫過多少文章，開過多少次演奏會。他甚至還寫過一本教人製作風琴的書。

　　但是，為了去非洲，他把他最愛的音樂都放棄了。如今我們看到的他的一生，其實跟巴哈的音樂很像：純潔、崇高、謙和。他在非洲時，一邊行醫一邊把自己的所思所想寫下來，他並沒有立志要做偉人，每天看那麼多的病人之後還得抽空寫那些文章，大部分原因也只是為了要為醫院籌款。但他字裡行間充滿對人的大愛，那種發自肺腑的慈悲與善良，默默的不知感化了多少的後來者。

不平等的價值

　　《舊約聖經》裡頭，有一個地方說到「人的估價」，當時為了抽人頭稅的方便起見，就訂了個標準：二十歲到六十歲的人，男的五十元，女的三十元；五歲到二十歲的人，男的二十元，女的十元；從滿月到五歲的小孩，如果是男的就值五元，如果是女的只值三元。

　　躺在搖籃裡的小許懷哲，並不知道他一生下來就比他的姐姐身價高很多，也想不到日後會開始質疑人和世上一切生物的價值問題。男人為什麼比女人貴重？牛羊為什麼比豬狗值錢？動物又為什麼好像比植物高級？奇怪，人是怎麼樣把上帝的意思扭曲成這樣子的呢？

　　人生還有更多奇怪的事呢，那些事情就是等小許懷哲長大了也還沒能夠明白過來。尤其是黑人在白人眼中那種不尋常的地位更叫他難以忍受。

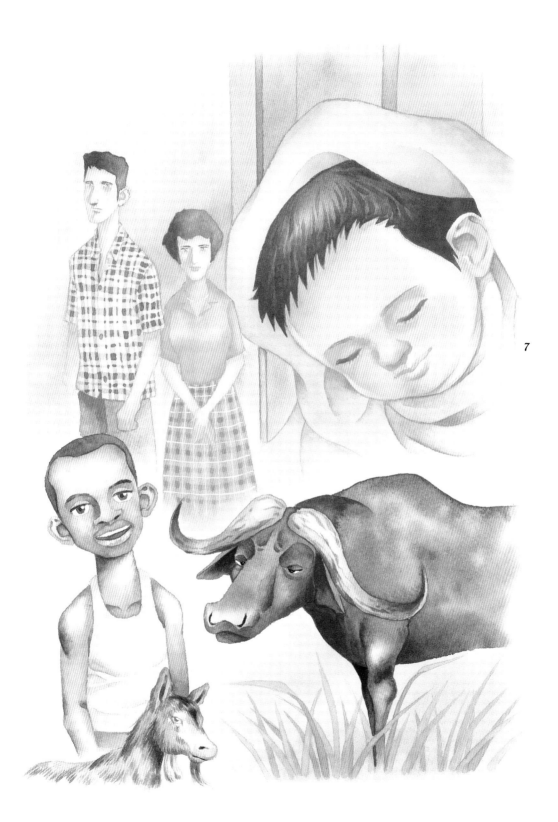

最奇怪的是他出生的地點，那兒是法國南部與德國交接的一塊土地，原來是法國出產葡萄酒的地方，就在他出生的前兩年，由於德法戰爭法國打敗了而把那個地方割讓給了德國，所以他一生下來就是德國籍。後來法國把德國打敗，又把這塊地方要回去了。

那個地方的居民，無論在家裡或者在學校都使用兩種語言：德語和法語。但他做夢也想不到，當第一次世界大戰爆發的時候，他就是因為有個德國籍的身分而成了戰俘，被關進集中營去。

許懷哲後來還發現，那個集中營正是畫家梵谷自殺前被送進去好幾次的精神病院。

當他知道自己所睡的床，正是梵谷睡的床時，他更加的迷惑於每個人命運的奇特。梵谷本來也是要當牧師的，後來當了畫家。許懷哲小時候也是要當牧師的，可是為了更深入的思考，他當了哲學家。最後還在非洲找到實現他夢想的地方，終於將理論化為行動了。

在那個集中營裡他愈想愈荒謬：跟他同一個村子裡的人，有人算德國人，有人算法國人，德籍的要坐牢，法籍的不必。同一個村子裡的朋友們，難道從此有一半人是另外一半人的敵人嗎？一想起來他就生氣。

由教授變醫生

許懷哲從小家教好，在學校裡因為是牧師的兒子，有時候反而受同學的欺負，因此養成他內向、喜歡思考、不愛活動的個性。學業上他始終是一帆風順的，二十四歲在法國的史陀斯堡大學唸了個哲學博士學位後，就順順利利在大學當了教授，寫作是他除音樂以外最大的嗜好。他喜歡把他自己在神學、哲學方面的一些思考寫下來，給人生尋找比《聖經》上所解釋的更為合理的答案。

在他唸大學和當教授的期間，他出版了好幾本書，三十歲時在學術界就已經相當有名了，雖然他的文章有些也很受到爭議，譬如：〈文明的哲學〉及〈耶穌的心理病學研究〉等等，保守的教會覺得他過於激進了。然而在他心底，對於理論與現實好像不能合而為一，總感到有所欠缺。他把頭抬得愈高，心裡愈覺得空虛。

有一天他在雜誌上看到法國基督教協會一則招募醫生去非洲行醫的廣告，同時也讀到一些歐洲人在非洲的惡行，他忽然覺得非常羞愧：天堂再好，而在通往天堂的路上，卻滿是受苦受難受傷的人們。要是他能在路上先創造一個最接近天堂的地方，不是比說服別人跟他一起去尋找天堂更好嗎？僅只在思想上打轉有什麼用呢？坐在書房中寫些空話，不如去跟他們一起生活。於是，他給那個協會寫了封信，想去非洲幫忙傳教。

等了好久，回信終於來了，對不起，他的申請被回絕了。雖然非常失望，但他決心去非洲的信念卻更加堅定起來。

他每天都在想：傳教需要什麼呢？口才嗎？慈悲的心腸嗎？關於神學方面的知識與信仰嗎？然而，具備這些條件的人，在牧師中挑選就行了，何必選擇他呢？終於，他想通了：非洲已經不乏傳教士了，他們缺少的只是醫生，也唯有當醫生才能真正動手去為他們做事。

那還等什麼呢？人生的道路還有比耶穌所示範過的更難走的嗎？所以後來他常常在演說中提到：人光有慈悲心腸是不夠的，必需以實用的知識與技藝做後盾，才能完成較為遠大的抱負。

　　那一年，他剛好三十歲，毅然辭掉了高收入的教授職位，重回學校去唸醫。

　　他的同事們都驚訝得不得了，他的家人也很不以為然。但他說不出口，對於歐洲人對待未開發國家人民的那種做法（譬如：歐洲人為了種咖啡，把非洲人種糧食的農田統統改種咖啡，等錢賺夠了就一走了之。還有家中的褓母，叫他們一律要戴上白手套，好像嫌他們天生的黑色皮膚不乾淨，完全把他們當奴隸看待），他感到非常的痛苦，他要用他自己作為一種工具去補贖。

　　五年後，他終於有了醫生的資格，並且是熱帶疾病及外科兩種專業的醫生。於是又寫信向那個協會申請工作，沒想到還是被拒絕了，理由是恐怕他的神學思想與教會的不太吻合。

自費去非洲

　　許懷哲的信仰其實是道道地地的基督教，他生長在「祖傳」基督思想的家庭，雙親都是牧師世家，能說他的信仰不正確嗎？可是，教會之間的派系之爭他大概也見多了。譬如：他出生的地方，多數人的信仰都是天主教，偏偏他父親是少數人信仰的路德教會的牧師。所以他並不氣餒。

　　這時候他的女朋友海倫就提醒他說：「為什麼不想想法子自費去非洲呢？我們也可以自己建一所醫院啊。」海倫的父親是位歷史學家，讀過許多許懷哲的文章，很賞識這位有理想的年輕人，後來還把女兒許配給了許懷哲。自從有了海倫，許懷哲的心願才如虎添翼，加速實現了。

　　真的，自助天助，他們結婚後，開始著手一個籌款計畫：給所有的親朋好友寫信，告訴他們要去非洲行醫的前因後果，並且把頭兩年在非洲最起碼的經費開列出來，希望他們資助。後來，他們的名單愈

來愈長，捐錢、捐醫藥用品的人也愈來愈多；一直到他過世，許懷哲都深深感謝著這些認識與不認識的朋友們。

　　同時，許懷哲也到處演講、投稿、參加音樂演奏會、伴奏風琴等等，夫妻倆把所有的收入加在一起，很快的他們的夢想就成真了。海倫還特別到醫院去學習護理的工作。不久，巴黎基督教協會也被許懷哲的誠意感動了，反而寫信告訴他願意在非洲給他一定的支持，但是有個條件：請他只行醫不講道。許懷哲收到信，露出了難得的笑容，他真巴不得如此呢！

15

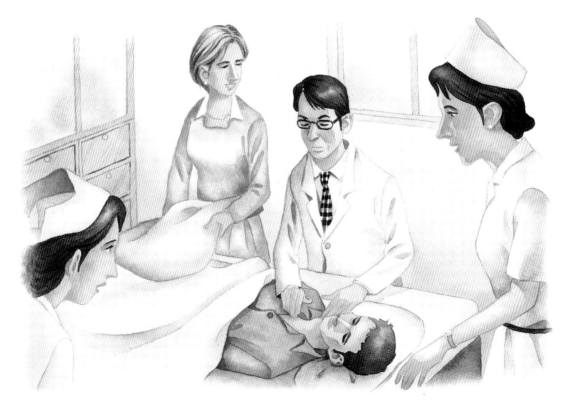

在非洲的日子

　　許懷哲醫生當時要去的地方，叫藍巴瑞內，是現在非洲的加彭共和國，那時候是法國的殖民地。在海上坐輪船就坐了二十多天，下了輪船還要換小船在剛果河上走上兩天才到。一上岸，因為是在赤道邊緣，濕熱難當，再加上蚊蟲、蒼蠅、吸血蟲，歐洲白人在那兒真的活受罪。但許懷哲並沒有因此放棄，他就當一切從伊甸園開始。他先在交易站附近選了塊地，蓋了幾個雞窩，用土法養雞下蛋，再養上一批羊，然後著手伐木蓋屋，建了一個簡陋的診所，什麼都是他親自動手做的。

他常說：一個人只要無保留的把自己奉獻出去，其他的自有上帝來照顧。在那樣一個原始森林的邊緣，他卻還能活到九十歲，不能不使人相信，他真的是上帝特別挑選出來的模範生。

許懷哲在非洲最先學會的就是節儉。節儉是一切美德的起點，他說。

　　沒有鐘，就掛兩條廢棄的鐵軌在木架子上，早晚休息吃飯時，就拿棍子敲打。所有從歐洲帶過來的東西，都一用再用，連行李上拴的小卡片，後來都做了病人的名牌卡。無水無電，他跟當地人一樣過日子。好不容易接上了電，他也只在開刀房和用 X 光機器時才捨得用。一直到七十八歲他得到「諾貝爾和平獎」搭乘火車回家鄉時，買的還是三等車廂的車票。下了火車，別人驚訝的問：「怎麼坐三等車廂呢？」他說：「因為四等車廂現在已經取消了啊。」

　　他因為工作的時間多於說話的時間，所以很少人知道他幽默的一面。有一回訪問美國，因他長得跟愛因斯坦非常相像，頭髮又多又亂，鬍子把嘴遮掉了一半，眼睛大而有神，在火車上有兩位學生驚以為他就是愛因斯坦，拿著本子請他簽名，他笑笑的在本子上寫：愛因斯坦（由他的朋友許懷哲代簽）。

　　非洲人對這位白人醫生很尊敬，但也覺得他很古怪。因為，有一次蓋房子的時候，為了地板下面一隻不知道什麼時候鑽

19

進去的貓，他叫工人們硬是把地板拆開，把小貓救出來。又有一回，工人想鋸掉一棵樹，許懷哲發現這棵樹比他祖父的年紀還老，就不准鋸，還把房子圍著這棵樹來蓋，因而把老樹保護了起來。

　　樹也要救，貓也要救，人當然更會被他愛護著，因此不久他就贏得了非洲人的信任與感情。

有一次坐在小船上他跟土人聊天，土人問他：「歐洲白人的世界跟我們的有什麼地方不同呢？」他想了想說道：「有三點不同啦：一是歐洲人最怕森林大火，隨便一個煙頭有時就會燒掉一個大森林。可是在這裡因為太潮濕了，你們滿不在乎的隨便把

煙屑倒進草堆裡也沒關係。第二樣不同是你們這樣划著船是在工作，可是歐洲人划船是運動，比賽著好玩呢。第三樣不同是歐洲男人結婚是不必付錢給新娘子的。」土人們聽了大笑不已。你可以想見他的和藹可親。

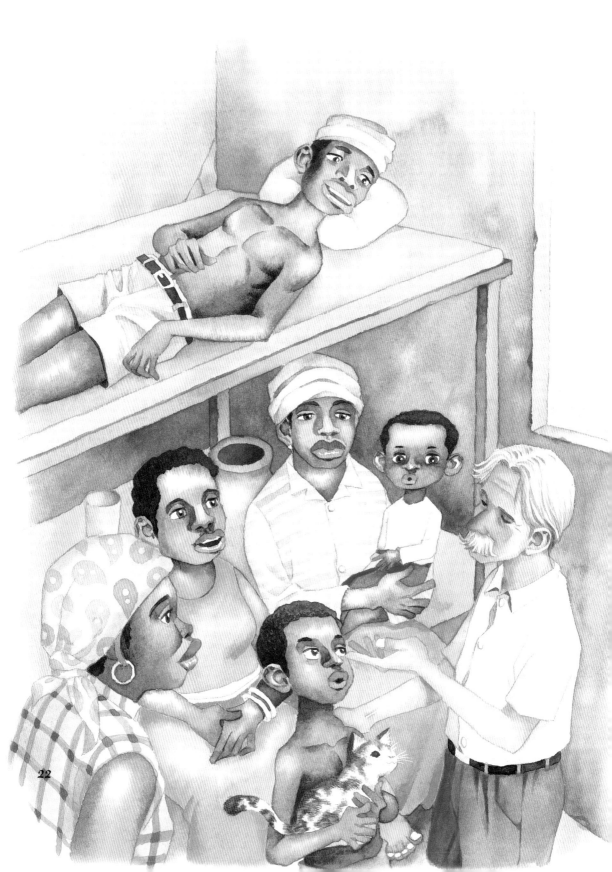

他的診所是在赤道邊上的非洲，夏天熱得像火爐，暴風雨說來就來。非洲人特別容易感冒，因為他們喜歡赤身裸體的到雨中淋個痛快。許懷哲除了幫他們看病，還得教他們基本的保健常識。最有趣的是當一個人生病住進醫院的時候，他們全家都會搬進醫院來陪那個病人，還帶著生火煮飯的家具同來。許懷哲為了尊重他們，後來就把病床架高，上面睡病人，床下就放他們家裡人帶來的日常用品什麼的。可是，他得時常巡夜，因為怕病人把床讓給孩子睡而自己睡到地上去了。不過，那裡的病人往往病好了，會自動留下在醫院幫忙。

起初，當地人的迷信叫許懷哲啼笑皆非。譬如：當地人不敢去醫院生孩子，說在醫院生的孩子會給家人帶來霉運，如果生的是雙胞胎，簡直像惡魔附身，當母親的會趕緊把孩子丟掉。所以他一到非洲就收留了許多沒人要的小孩。而且，每逢有孩子生日的那一天，許懷哲就讓廚房煮兩個蛋，一個給生日的小朋友獨享，一個給大家分著吃。煮個蛋吃，因此變成那裡孤兒院中溫暖的象徵。

23

24

有一天，有人抬來一位難產的孕婦，許懷哲用外科手術順利解救了母子二人。出院時，海倫做了一套非常漂亮的小衣、小帽送給嬰兒。那個年輕的媽媽高興得不得了，逢人就給人看，結果來找許懷哲醫生的產婦忽然多起來了，每個人都問：「我的孩子也可以得一套這樣的禮物嗎？」

海倫凱勒曾說過一句名言:「人類最大的黑暗，不是瞎眼的盲目，而是無知與無覺。」其實，迷信並不可怕，麻木才無藥可救。許懷哲在非洲經常寫些報導給歐美的雜誌，以換取醫院的經費，寫到當地人的迷信，他的態度寬容，總以學習的態度對待，有時還採用當地的土法草藥治病。於是，他的名聲愈來愈大，自願去服務的醫生、護士由世界各地紛紛而來。

那時候的麻瘋病人最可憐，經常被人驅趕，有時被野獸吃掉也沒人管。許懷哲就為他們蓋了很多的隔離病房收容他們。許懷哲當年做的事，跟德蕾莎修女在印度所做的差不多。他們都勇於去別人不想去的地方，幫助那些水深火熱中的人，減少他們肉體上的痛苦，也帶給他們精神上的希望。許懷哲不需要用嘴傳教，他用他自己來證實基督的精神的確可以救苦救難。而一切的生命都是有價值的，在這個前提下，人要相互扶助才能把世界變成一個最接近天堂的地方。

人道主義之父

　　許懷哲的家鄉是出產葡萄酒的地方，自然到處都是葡萄園，他小時候每天差不多要走兩英里的路去上學，在路上他常有機會觀察大自然。基督教的思想一向以人為本位，許懷哲較能以宏觀的角度來看待大自然：一個惡形惡狀的人並不比小狗可愛，一朵野花跟做酒的葡萄各有各的生存價值，一切生命都應當受到尊重，這就是他心中最基本的神學。

　　那時候還沒有人想到什麼環保不環保的，到了非洲除了幫人減少痛苦，他也常常想到要保護動植物，於是他的環保思想也開始落實了。

　　幾十年後，美國出版了一本轟動的暢銷書：《寂靜的春天》，全世界的環保運動因此展開。那本書的作者卡森女士在書的首頁寫的是：

　　獻給人道主義之父 ──
　　　　許懷哲醫生

許懷哲被當做戰俘關進集中營的那一年，他剛到非洲才兩年。辛辛苦苦蓋了個初具規模的醫院，就被迫離開，他內心的痛苦可想而知。在集中營裡，他得了嚴重的痢疾，差一點就送了命，而他的太太染上了肺病，健康從此被毀。他本來對政治完全沒有興趣，但從此反戰的念頭就在他心裡生根。日後在聯合國反對發展核子武器的宣言，就是由他起草的。晚年他的論述也大都集中於反對發展核子武器的運動上。貪婪的侵略和殘酷的殺人，他認為，是世上最大的不人道。

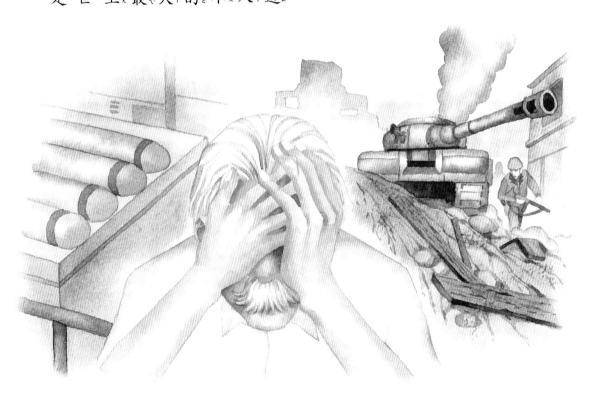

　　從戰俘營出來後，他再次積極投入他的非洲計畫。這時候因為在集中營裡有時間做長遠的考量，反而更加清楚如何修訂他未來的藍圖。這一次他完全知道需要裝運什麼樣的藥物和日用品前往非洲了。同時他也看清了文明人的野蠻性。他有次在瑞典演講時就說：「人應當把眼光放在宇宙上，不該只著眼在人類本身，這樣你就會明白：人其實只是大自然一個生存鏈鎖中的一小節而已。自私會使人貪婪，冷漠無情會使人忽視別的種族應有的人性尊嚴。不隨便殘害任何的生命，才能使人類在宇宙整體生存中的那一環不至於斷裂。人的道德觀不應僅止於人，也應當涉及所有的生命在內，所以對動植物的殘忍，跟對人的殘忍一樣是不道德的。」

他四十九歲重回非洲，這以後非洲就成了他的第二故鄉。一直到去世，他跟他的非洲再也分不開了。

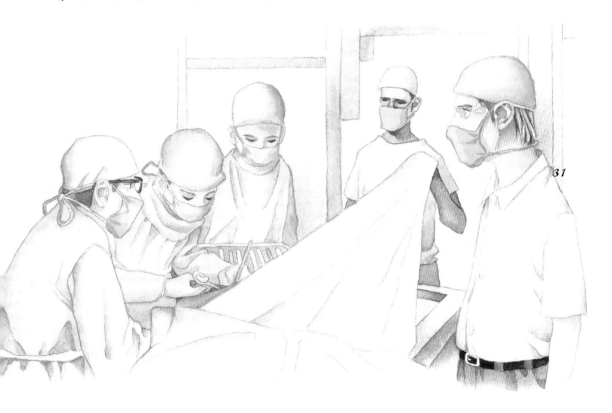

31

七十歲以後他的手開始有一點抖，視力也不好了，所以不再替人開刀，但那時候已有很多醫生從世界各地慕名而來，自願為他工作。他自己四十四歲才有第一個孩子，這個跟他同一天生日的女兒，在他死後還接替過他在非洲的工作。

　　那一年的秋天，許懷哲九十歲了，在他奉獻了四十多年的藍巴瑞內安息了。他與窗外最美麗的落日一同走向天外之天。當初他在白人的交易站旁邊加蓋了兩個雞窩、一間草屋的診所，到他離開人間的時候已經有了七十五所的附屬醫院。死後，他跟海倫不但都葬在藍巴瑞內，他還用諾貝爾獎金成立了一個「許懷哲基金會」的組織，繼續為非洲人服務。

安ㄢˉ息ㄒㄧˊ前ㄑㄧㄢˊ，他ㄊㄚˉ給ㄍㄟˇ世ㄕˋ人ㄖㄣˊ留ㄌㄧㄡˊ下ㄒㄧㄚˋ一ㄧˋ句ㄐㄩˋ話ㄏㄨㄚˋ：

希ㄒㄧˉ望ㄨㄤˋ每ㄇㄟˇ個ㄍㄜˋ人ㄖㄣˊ都ㄉㄡˉ能ㄋㄥˊ找ㄓㄠˇ到ㄉㄠˋ
自ㄗˋ己ㄐㄧˇ的ㄉㄜ˙藍ㄌㄢˊ巴ㄅㄚˉ瑞ㄖㄨㄟˋ內ㄋㄟˋ。

許懷哲 小檔案

1875年　1月14日出生於德法交界的亞爾薩斯。

　　　　從小生長在牧師世家，有深厚的基督教神學思想。

1893年　進入法國巴黎史陀斯堡大學就讀，同時選修神學與哲學。

1899年　獲哲學博士學位。隔年獲神學碩士，並擔任講師。

1905年　辭掉高收入的教授職位，回學校念醫。

1911年　取得醫生資格，繼續研究熱帶醫學。

1912年　與海倫結婚。

1913年　和妻子到非洲的藍巴瑞內為非洲人行醫。

1917年　第一次世界大戰期間，被迫進入法國的俘虜收容所。

1919年　長女出生。

1924年　再度前往非洲，重建醫院。

1953年　榮獲諾貝爾和平獎。

1959年　最後一次前往非洲，決心留在非洲。

1965年　9月4日，逝世於非洲藍巴瑞內。

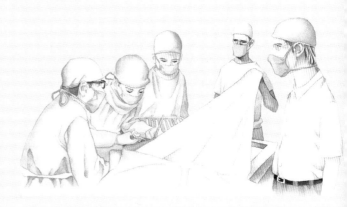

寫書的人

喻麗清

臺北醫學大學畢業後，留學美國。先後
在紐約州立大學、加州大學柏克萊分校任職，
工作之餘修讀西洋藝術史。現定居舊金山附近。喜
歡孩子，喜歡寫作和畫畫。雖然已經出過四十多本書
了，詩、小說、散文、童書都有，但她覺得兩個既漂亮又
聰明的女兒才是她最大的成就。

畫畫的人

莊河源

能做自己有興趣的工作，對莊河源來說，真的是件很幸福的事。從
小就喜歡畫圖的他，退伍之後從事漫畫的工作好長一段時間。他
覺得當個漫畫家，真的很辛苦，不過也從中得到許多寶貴的經
驗。走進兒童插畫的世界，已有五年多的時間，除了幫出版
社畫插畫之外，他最大的企圖就是希望有更多「圖畫書」
的創作，目前也正朝著這個方向努力著……。圖畫書作
品有：《尋找那一棵樹》、《臭臭的小臭屁》、《動
物嘉年華》等。

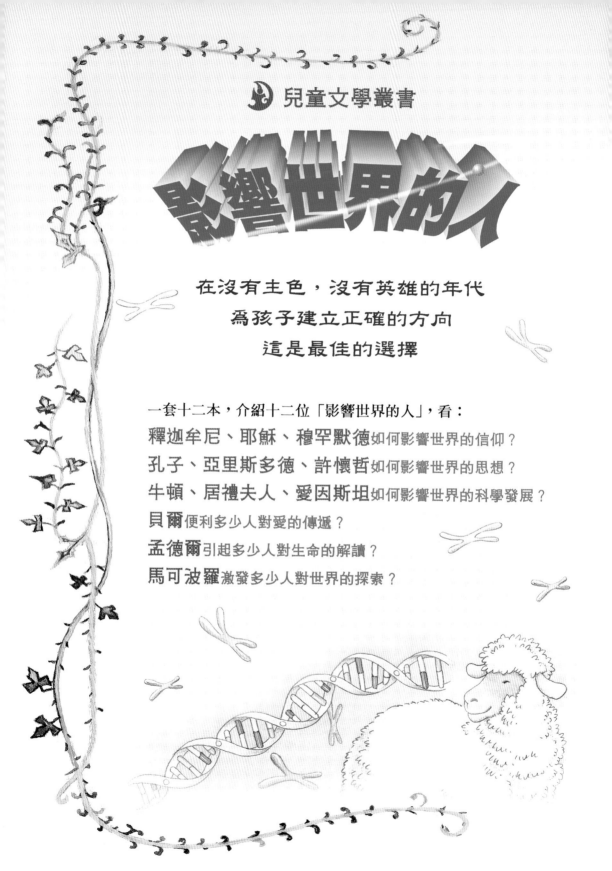

兒童文學叢書

影響世界的人

在沒有主色，沒有英雄的年代
為孩子建立正確的方向
這是最佳的選擇

一套十二本，介紹十二位「影響世界的人」，看：

釋迦牟尼、耶穌、穆罕默德如何影響世界的信仰？

孔子、亞里斯多德、許懷哲如何影響世界的思想？

牛頓、居禮夫人、愛因斯坦如何影響世界的科學發展？

貝爾便利多少人對愛的傳遞？

孟德爾引起多少人對生命的解讀？

馬可波羅激發多少人對世界的探索？

他們曾是影響世界的人，

而您的孩子將是——

未來影響世界的人

兒童文學叢書

童話小天地

童話的迷人，

正是在那可以幻想也可以真實的無限空間，

從閱讀中也為心靈加上了翅膀，可以海闊天空遨遊。

這一套童話的作者不僅對兒童文學學有專精，

更關心下一代的教育，

出版與寫作的共同理想都是為了孩子，

希望能讓孩子們在愉快中學習，

在自由自在中發展出內在的潛力。

—— 簡宛（名作家暨「兒童文學叢書」主編）

丁伶郎　奇奇的磁鐵鞋　九重葛笑了　智慧市的糊塗市民
屋頂上的祕密　石頭不見了　奇妙的紫貝殼　銀毛與斑斑　小黑兔
大野狼阿公　大海的呼喚　土撥鼠的春天　「灰姑娘」鞋店
無賴變王子　愛咪與愛米麗　細胞歷險記